波濤双書

珊瑚の卵

新藤美千代歌集

現代短歌社

目次

ことづて　一一
分水嶺　一三
画布　一六
魯迅全集　一九
夏の修羅　二一
定理も遠し　二三
指文字　二六
襖絵の壺　二九
子午線　三三
イースターの卵　三六
月満ちて　三八
ブラックホール　四一
蜃気楼　四三

風のゆくへ　四六
宇宙の使者　四八
さゐさゐと　五一
月日　五四
光る尾　五六
塩の道　五八
木舟の記憶　六〇
白地図　六二
珊瑚の卵　六五
銀河の逢ひ　六八
夢の中　七二
イヴの涙　七五
運命線　七七

秘色　八〇
馬鈴薯の花　八二
鎮魂の夏　八四
スクラム　八六
煌めきし時　八九
五月の森　九二
秋の水　九四
雲の風紋　九八
羚羊の森　一〇〇
泪壺　一〇二
線香花火　一〇五
水明り　一〇八
白い手紙　一一〇

春の皿　一一三
雪解の水　一一五
冬の旅　一一七
孵るなき卵　一二〇
弦の韻き　一二三
風聞　一二六
天に辛夷　一二八
聖書の一節　一三〇
古文書　一三三
一刷けの雲　一三六
葡萄の木　一三九
箴言　一四一
無尽のひかり　一四四

儚き言葉　一四七
翳す手　一五一
累累と　一五四
エスプレッソ　一五六
風花　一五九
麦の穂　一六一
天蚕　一六四
ガレの花器　一六七
水陽炎　一七〇
背教者　一七三
パレット　一七六
民子先生　一七九
ヨハネ受難曲　一八二

音なき雨　一八四
秋のかたみ　一八七
夜の降ち　一八九
ユトリロの街　一九二
森の歳月　一九五
野分の後　一九七
見えぬもの　二〇〇
古地図　二〇二
草の絮　二〇五

『珊瑚の卵』に寄せて　塩原早智　二〇九
あとがき　二一六

珊瑚の卵

ことづて

ことづてのごとく線の引かれゐる図書館の本をなづさひて読む

閉館を告ぐるメロディ流れきて解かれしやうに人等出でゆく

集中力の欠けてゐる日か誤字に注《さ》す修正液はたちまち乾く

福のうすき抽選券と思ひつつ引き忘れし悔いのかすかに残る

裏付けむ証拠もなくて難航せし古き事件を父は語りぬ

分水嶺

雪深き山に足跡残し来つけものは嗅ぎてわれを追はむか

朝朝に岩燕舞ふ谷《やつ》の街雨上がりの森に樹脂の香は立つ

山一つ越ゆれば長き分水嶺入りゆくわれは何処へ落ちむ

リハビリに姑の編みたる籐の籠りんだう挿せば秋の陽に映ゆ

あをく透く翅の鱗粉・胞子など心病みゐて囚はれやすし

家計簿に空白の日日を残しつつ姑看とり来しこの年も過ぐ

姑の眠れぬわれの眠らぬ夜が続き闇を包みて春の雪降る

画布

風に乗りて穂絮飛び交ふ畔の道光るレールのひしめくごとし

森の深みに鳥も病むらむ月射せば小さき影はわれに添ひ来る

型紙の補正ラインを確かめて幼さ残す娘の服を裁つ

降り続く雨にはかどる手仕事とチュールレースを衿につけゆく

画架《イーゼル》を忘れ来し野辺のはろけさに絵筆も画布もわれに還らず

麦の穂に燃ゆるかげろふひとすぢに線路光りて未知へ誘ふ

黄海老根《きえびね》の花にまつはる翅音のかそけし　安息はかかる日に来む

雑沓の渦にまぎれず歩みゆく青きバナナを食む異邦人

魯迅全集

理想を高く持ちゐし夫か手擦れたる『魯迅全集』の書棚に並ぶ

マルクスの資本論など説きくれし夫の思想もすでに古りたり

大学の頃より読み継げる経済新聞離職ののちも卓上に置く

榠樝の実のしきりに匂ふ夜の冴えて湖《うみ》にまつはる伝説を聞く

夏の修羅

薄ら陽の翳りて霧らふ沼の辺にけものの予知の身に兆しくる

流亡の果てに辿りつきたる一族の山間《あひ》深きに幾世を経けむ

継がれ来したつきのあはく風化され古りし系譜の谷に鎮もる

姑と見し去年《こぞ》の桜に咲き揃ふ今宵の桜のあはきくれなゐ

弓形《なり》の月雲に隠れゆきしのちいよいよ暗む沼のほとりは

消去法にて残りしひとつの手仕事も忘れかけたるこの夏の修羅

定理も遠し

打ち水も凍るきさらぎ　南国の光のごときミモザ買ひ来ぬ

いさぎよく風に乗りゆく桜ばな見つつ離愁の思ひの兆す

幾度の雪か窓辺の明るみて卒業論文を娘は書き終へぬ

混み合へる車中に幾何を解く青年　ピタゴラスの定理もナイルも遠し

油絵の具《ペイント》の匂ひにまぎるる夢の中しきりに売子木《えごの》花の散りゆく

ルカ伝を秘かに読みし日のありきラテン語の原書見つつ思へば

羊皮紙に写本されたる福音書いにしへ人のよすがなりけむ

射程距離を測らるるごとくたぢろぎぬポケットベルの不意にひびきて

指文字

空き缶が軽き音たて転がるをまどろみつつ聞く昼の電車に

背負はれて指文字を書きし父の背の感触はるか　父の忌近し

いにしへをそぞろ偲びぬ野火止の疎林にひそと業平の塚

傾ける地軸の軋むごとき日よ春の疾風《はやて》の吹きてやまぬも

蝙蝠《かうもり》がマントを広げ飛ぶ闇にレモンのごとき月のぼり来ぬ

満席の観客のなかマウンドの投手の孤独を思ひてゐたり

積まれゐる木箱はいづこへ運ばれむ埠頭に浅き春の波寄す

来ぬ人をひたすら待ちてゐるやうに伝言板の文字は犇く

襖絵の壺

手を貸して運びやりにし荷の重さ忘れゐし幼なの重さと気付く

罪障も功徳に変はると言ふ法話聴きつついつか心鎮まる

正信偈《げ》写経なしゐて身を曝す仏陀の影を背に受けつつ

不意の客ありて小庭の蕗の薹摘みてしつらふ遅き夕餉を

抛物線を描きて垂るる蘭の葉を音なく濡らす春のしぐれは

起重機《クレーン》に吊り上げられゆく物体と昼の月とが暫しかさなる

水揚げを幾度かしたる紫陽花の花玉つひの蕊ふりこぼす

日蝕を観測《みる》は何方《いづち》ぞ真夜をれば襖絵の壺のふくらみを帯ぶ

岬より春を届けむ波に浮く薬壜に花の種子など入れて

子午線

緞帳の上がりたるさまに霧晴れて高層ビルのくきやかに立つ

分針となりて観覧車に身をゆだぬ岬過ぎゆく貨物船見つつ

逢はむ日の予感さびしく七夕の銀河に杳き記憶を重ぬ

宵空は果てまでも澄み竹取の絵巻のやうな月の上り来

畑中に甘藍あまたまろびをり取捨選択の名残とどめて

子午線を北へ進めば北極ぞオーロラは夕べに光りやまずも

狂へるは何れの鍵盤《キー》かわがうちか弾かざるピアノをこの日も磨く

イースターの卵

アポロンの港とひそかに名付けたる埠頭に白亜のビル建ち並ぶ

神無月に生《あ》れし父神無月に死す神にはうすき縁《えにし》の生か

不時着の風船より零れし花の種子も芽ぐまむ頃か雪解の森に

苧環《をだまき》に寄る蜂もともに写さむとレンズを絞る時の間ながし

身籠りて心豊かになりし娘の抱く復活祭《イースター》の卵　虹色

月満ちて

ほろ酔へば憂ひも晴れむボヘミアングラスに春の月映りゐて

しゆわしゆわと気泡さざめくソーダ水に初夏《はつなつ》の海を想ひてゐたり

桜桃のつゆけき房のうすくれなゐ風説は暫しとどまりて過ぐ

深海の白鯨にも似て群青の夜空灯して飛ぶ飛行船

枇杷熟れて水無月の空の夕明り疎開児童のわれの顕ちくる

海原にただよふ水母《くらげ》　娘の体に繊骨透かせて命は育つ

月満ちて命この世に出づる時炎暑一期の夏草ひかる

水の器《うつは》より出でしみどり子耀けりさくら貝の爪マシュマロの肌

ブラックホール

ブラックホールは天球地球の何れにもあるとふ謎の多し銀河系

ビードロの風鈴にふれ合ふ秋の風あはき絆の形代を焚く

人知れず深山に咲ける鳥兜の根ほどにあらね毒をわが持つ

一の倉沢の岩壁深き窪みより雪解の水は水脈《みを》ひきて落つ

薄墨色に暮るる岩場を攀ぢりゆくアルピニストの危ふさを見つ

蜃気楼

細氷《さいひよう》をしきて盛らるる白き魚薩摩切子の稀なるかがよひ

蜃気楼は砂塵の彼方に出づるらむ終着駅が砂漠と聞けば

苺食みて口もとを染むる幼子に備はりて来し知恵の数かず

鬼やらひの豆を投げやる鬼もゐず冬の星座の温みくる夜

オリオンが傾きて獅子がのぼりくる春の夕べはすみれ色なる

みどり子の眸に藤の花ゆれてフルートの音の宙をつらぬく

吾木香・尾花を活けて月を待つ宙《そら》は静寂無窮に蒼し

風のゆくへ

白銀《しろがね》のひかりをこぼす噴水の弧線かすめて鳩の群れ飛ぶ

うつつより逃るるならず血縁の愁ひ曳きつつ夏に入りゆく

水を抱く深山は太古の翳り帯ぶ風のゆくへの鮮明にして

戦ぎつつ世紀果てゆく移ろひに咲き極まれる緋のさるすべり

星狩ると登り来し尾根の漆黒に秋天銀河は永遠《とは》のかがやき

軌道より逸れし星のゆくへなど追ふ一瞬の生とも思ふ

宇宙の使者

蓄へし力の量《かさ》をあますごといづれもひびの入りたるキャベツ

耳を澄ませば輪唱のごと聞こえ来る谿間を渡る風の流れが

繭の中に籠りしやうに眠る夜下弦の月は蒼天にあり

白粥に浮かせし若菜のみどり冴ゆゆうらりと春の萌したちきて

防波堤に膨らむ波の秀ひるがへり海をへだてて春の近づく

流星が落ちて隕石となりし夜宇宙の使者といふもあるとか

さゐさゐと

雪片は天与の綺羅を運び来て杳き記憶をよみがへらしむ

耳をたて降りくる雪の音を聴くきさらぎの野の兎となりて

香りさへ持つがに降りくる雪の華　何処にをらむ雪衣の女《ひと》は

さゐさゐと遠世のことばを織るやうに粉雪は舞ふ　わがきりぎしに

球形をほぐすあはひのひそやかさ蒲公英の絮はあえかに揺らぐ

花辛夷天を仰ぎてほころびぬ星の微光のとどかぬ宵に

おぼろ夜の辛夷一樹の花あかり弔ひの夜をともすごとくに

ままこままこ　玉子をままこと言ふ幼な光の中に玉子を抱く

月日

絹の道を地図に辿れば消え失せし砂漠の湖《うみ》のしめり帯びくる

メトロ出づれば風の舞ふ街幾千の窓は柑子《かうじ》色の夕陽を反す

ユリウス暦・グレゴリオ暦・太陽暦・遥かな推移を月日と呼ばむ

応へくるるものの愛しさ片言に話しかけくる幼子のゐて

画室《アトリエ》を建ててやらむと夫の言ひきをりふしに恋ふ古りし会話を

光る尾

逝く春の風のゆくへを知らぬままかたみに離《さか》らむ千の花びら

樹の声は水の声とぞ国境《くなさか》の谿の木末《こぬれ》のうるほひてきぬ

鍵盤《キー》を打つ透明人間ゐるやうな無人ピアノがショパンを奏づ

群青の夜空を描きし幼なの絵に光る尾を引く蛍が遊ぶ

絆とはほの甘きもの　綾取りのあやに重ねし歳月ひかる

塩の道

ひつじ雲をさらひゆきしは尾根の風白馬四方の山脈《やまなみ》ひかる

お花畑に麦藁帽子をかぶり佇つカシニョールの描く女のやうに

牛方の影を追ひゆく塩の道椽の実ひとつ手にまろばせて

夏の陽を浴びつつ暫し草に臥す羽化せし揚羽の翅かわくまで

統べるものありて守られゆくらむか列を率ゐる一羽のありて

木舟の記憶

幸せは仄かにありて幼子の睡るかたはらに花を刺繍《さ》しゐる

方向を失ひゆけば獣道にいざなはれゆく危ふさのあり

川縁《べり》の村は大水に備へけむ納屋深くありし木舟の記憶

身の限り力のかぎりの生ならむ万年青《おもと》は鉢を割りて勢ふ

水漬きたる鳴門若布の広がりに海峡の渦しばしかがよふ

冬鳥のこぼしゆきたる種子ひとつ陽なかに核のほのぼのぬくし

白地図

暖簾を守るゆかしさならむ塩を盛り戸口清むる慣ひも知りぬ

手の器《うつは》に月の光を受けをれば零し来しものみな還るなし

牡《ぼう》丹のはなびらのやうな白き月真昼の空に淡く残れり

白地図に色をのせゆく　塩の道も鯖街道もあはき緑に

天球儀をまはしてをれば傾きし天秤星がこぼれさうなる

四つ辻の角ひとつにも翳りありテナント募集の貼り紙取れず

三十年の月日還りて娘に編みしセーターを今をさな子の着る

珊瑚の卵

相模灘の春の潮は思ふのみ銀色の背の小鰺買ひ来ぬ

あはあはと過ぎにし日日かひととせの邪気払ひつつ年の豆食む

オリオンの移りゆく夜半の天《そら》を指し辛夷はひそと花びら反す

谿川の水のせせらぎ微温《ぬる》む春山椒魚も目覚め出づるや

女《め》雛に男《を》雛を添はせて蔵《をさ》むさきはひはささやかにして一生過ぎなむ

逝く春の枇杷の木ぬれの夕明り宙《そら》の極みを彗星はしる

ゆりの木の木洩れ日のなか幼子の声きらきらと樹間抜けゆく

満ち潮に打つ波の秀のはげしくてわれの素足はさらはれゆきぬ

巻貝に遠き海鳴り聴きをれば珊瑚の卵《らん》の孵る夜あらむ

銀河の逢ひ

ポニーテールの髪靡かせて野に遊ぶ児はひとひらの蝶となりたり

ライラックの一房の花咲くのみに闌けゆく春の庭ふかみどり

夏の嵐去りて澄みたる天心に十六夜の月ゆつたりとあり

かくまでも冴ゆる月の夜いざなふはドビュッシーの聖なる韻き

鞦韆をこぎつつ仰ぐ空澄みて銀河の逢ひのうつくしき夜

をみな子の湯浴みしづけき夕つ方ひぐらしはるか遠くに鳴けり

鷺草は飛ぶがに花びらひらきゆく荒寥たる世の清き一輪

さみどりに透くマスカットの一房を描きて晩夏の便りを出しぬ

無聊なる夏過ごし来て無花果の口元ほのり紅さすが見ゆ

夢の中

秋陽炎のゆらめく原野イーハトーヴの賢治と見紛ふ人の歩み来

にがき腸《わた》よけて幼子に身をほぐす「秋刀魚の歌」の沁み入る夕べ

歳月ははるかなる河　帳尻の合はぬ家計簿を付け続け来つ

ディズニーもアンデルセンも夢の中ゆめを食みつつ幼なは睡る

生ありしことの証かすぎゆきをひそかに残しゆくかたつむり

白粥の湯気ゆらめくが映りゐる玻璃戸に夕べの光届きて

身を鎧ふもの削ぎ落とし生きゆかむ山毛欅《ぶな》の冬木の凜と立ちゐる

身にふさふ冬芽を抱きて春を待つ山毛欅の林も芽ぐまむ頃か

領域を定めて紡ぐ巣にあらむ蜘蛛はひとすぢに光を織りぬ

イヴの涙

苞を弾きて赤き花びらひらきたり罌粟の危ふさ知るべくもなく

わが額《ぬか》に触れて散りゆく花びらのあはき出逢ひの消しがたく　春

水甕に映りゐる月のおぼろにて春うすずみの桜散りゆく

季節とふたよりなきもの春闌けて紫深し堅香子の花

絹布に百合一輪を刺《さ》繍し終へてイヴの涙を思ひてゐたり

運命線

しろがねの雨の降り出づ透明な傘に己れをさらして行かむ

武士《もののふ》のまぼろしならむいくたりの男《をのこ》に逢ひつつ化粧《けはひ》坂下る

海図には載らぬ島とふサーファーの波に崩れてやをら立ちたり

逝く夏のかたみとなさむ山に入りて早緑の繭に出合ひしことを

枇杷の実を啄みし鳥の名も知らず北回帰線《きた》は頭上に近し

白鳥座より南十字星に至るとふ銀河鉄道の見えさうな夜

運命線がひそかに細くなりゆく掌《て》にぎりて待てば運や開けむ

秘色

さまざまな生き方あらむ山葡萄は樹樹を伝ひて実を結びをり

立冬の空透きとほり秘色《ひそく》より一刷けごとに夕映え移る

流れゆく水面に紅葉の影透きて現し身透きて秋深みゆく

霜降りて無音の季節に入るらむかけものの鳥も落葉《らくえふ》の樹も

時くれば何に孵らむ葉脈にはりつきし卵の幾粒ひかる

馬鈴薯の花

クリムトの絵より抜け出で来し人か　茶房の隅に煙草くゆらす

夕闇に馬鈴薯の花ほのかなり貧しき戦後の暮しはるけく

禁断の木の実とは何　無花果の翠透き立つまばゆき朝

傷つき合ひて生くるもあらむ捌きゐる鰺の背《そびら》のすきとほる青

かくれんぼの鬼二人ゐて妹は姉を真似つつ育ちゆくらし

鎮魂の夏

動かざる蝸牛炎暑の幹にゐて驟雨ののちに身を軽うせり

吐く糸も織る羽根もなきいちにんのまたあらむ日も人でありたし

百人一首、ひつじの数を唱へても眠りの界に入りてゆけぬ

イメージは心のうちより生るるとふ膨らみてくる語彙の幾ひら

百合の蕊摘みてひそけき夕に聴くマタイ受難曲の聖なる調べ

酸漿《ほほづき》の一枝朱《あけ》に染まりゆく鎮魂の夏はひそやかにして

スクラム

実の透きてほのけぶりたる核の見ゆ秋の雫となりし野葡萄

洋皿も稀には使はむムニエルにオリーブの実とレモンをのせて

過ぎゆきはバイオレットの香りして八尾おわらの風の盆果つ

鮟鱇を吊して捌く業を見ぬ秘め置きしもの曝しゐるがに

目をつぶり身構へゐしが青年は空へと高くボール蹴り上ぐ

スクラムはいともたやすく崩れたり強靱な腕と思ひをりしが

煌めきし時

宇宙への旅もいつかは叶ふらむオーロラの旅へ人はいざなふ

念ずれば未来が展くるにもあらず水晶玉にて人は占ふ

風船はのぼりゆきたり裡深く鎮めおきたる迷ひと共に

抜け道は空にもあらむ弧を描きめぐれる鳶の視界より消ゆ

パリ５首

モンマルトルにはつか残れる葡萄畑神話のごとく語り継がれむ

ユトリロの描きし小道もそのままの白き階段　あたり静けし

煌めきし時もありけむパリに死す佐伯祐三の足跡しのぶ

モンマルトルより見下ろす街はすみれ色過ぎにし時代《とき》を暫し愛しむ

白雨去りて洗はれし街の清らかにノートルダム寺院の尖塔光る

五月の森

水を吸ふ清しさありて透く花器にヒヤシンスの根のあはき白光

木鼠もしまひ忘るるといふ聞けば森のいづこに木の実は芽ぐむ

散りぎはの華やぎ花のささやきか　春の微光はいたく静けし

刺繡糸の緑も萌ゆる季《とき》なれば麻布に五月の森を刺しゆく

刺繡針も凶器と思ふ危ふき日針を数へて区切りとなせり

秋の水

ゆりの木に浅黄の蕾ひらきたり決意をうながす清しさありて

揚げ雲雀の声のみとほる静けさの草原に憩ふ時をとどめて

絹の道・砂漠の丘を越え来しか風は黄色の砂を撒きゆく

縄張りを誇示ししきりと啼きたてり鴉の塒を人間《ひと》は奪ひて

うすずみに翳る記憶の断片がとりとめもなくわれを惑はす

シトロンの水泡あはくのぼりゆく秋はひそかに近づきて来む

残り咲く朝顔の藍のひそけさに束の間の世の秋の水汲む

水槽は小さなる海　熱帯魚の透く内臓に秋の陽が射す

ドビュッシーの調べは秋が相応とぞ月下に銀の尾花が揺らぐ

雲の風紋

木犀の闌けし小花を散らしつつ雨後をひそかに移りゆく秋

光の中を希薄に過ぐる秋と思ふ銀杏は著《しる》きにほひを放つ

相寄りてもさびしき日日ぞ秋天にかがやきてあり雲の風紋

くさぐさの愛《かな》しみ持ちて歳月は切れぬ絆をほそぼそ保つ

秋の陽の零るる森へ入りゆかなしろがねの尾の狐となりて

透きとほる秋陽の中を地に還る山毛欅の落葉《らくえふ》　漆《うるし》の紅葉《もみぢ》

羚羊の森

羚羊《かもしか》の森とぞ深く踏み入るに呼びても谺のかへらぬ不思議

耳敧《そばだ》つるけもののもあらむ白檜曾の森の謐けさ身に迫りくる

冬の木のひそかに芽吹くあかときの雪野を切りて鷺の翔けゆく

いつの日に聴きし風音　葦原は翳りて鳰の幾羽憩はす

水門にかかる繊月夕星と触れ合ふやうに光りてゐたり

泪壺

朝霧はいとも静かに流れ来てきぶしの花房を蔽ひ隠せり

泪壺になみだを溜むる悲しみもありけむ古代ローマの物語

オフェーリアも愛せしと言ふローズマリーの薄紫に春の風立つ

一条の光をかこふ雲の峰野芥子の絮は空に漂ふ

夕づける野にかすかなる光射しクレーの天使は何処に遊ぶ

想念は広がりゆけりモーツァルトのロンドに暫し誘はれゐて

過ぎゆきの暮色の駅にたちかへるパンタグラフの閃光の冴え

時かけて掬ひゆくべし淡雪の溶けゆくごときうちなる語彙を

線香花火

あどけなき幼子の頬おもはせて空豆ならぶ玻璃の小皿に

耳掻きほどの微量の苦塩《にがり》を溶かし飲む花粉症にも効くとふ聞けば

雨の日はシフォンケーキを焼きて過ぐ訪《おとな》ふ人を待つ事もなく

「神々のたそがれ」を聴く埋もれゐし記憶はつかに灯る時あり

過ぎゆきはひたむきなりしがこの先も潔かれと希《ねが》ふひそかに

四世代うち揃ひつつはなやげり夏の終りの線香花火に

水明り

巡りさびしき季《とき》の狭間を過ぐる風ゑのころ草もわれも揺れつつ

どの扉開くれば満つるものありや宙《そら》に微塵の星のまたたく

一条の光を曳きて飛び去りし鳥は何処に　柘榴爆ぜたり

夕明り水明りして身じろがず　鷺は思ふや風渡りゆく

標的となるやも知れず黙し佇《た》つしろたへの鷺いさぎよきかも

聞こゆるは風音水《み》音飛び立ちし鳥の羽《は》音や湖《うみ》越えゆきぬ

白い手紙

財布よりカード幾枚すべり落つ身を証すものひそかに増えて

夕映えのすすきしろがね穂のうねり戦ひやまざる国を哀しむ

空に舞ふ草の穂絮のとめどなし歩み遅れし一生《ひとよ》と思ふ

ラ・フランスの緑の一顆言の葉の重さとなりて手のひらにあり

北の空より白い手紙の届き来て発酵を待つ語彙のたちくる

偽らず諍はずに来しと思はねど齢《よはひ》は流離のさびしさを持つ

春の皿

歌ありて心和めりメトロカードのジョン・レノンの彫深き貌《かほ》

陽の中に裂けてあらはな柘榴の実　人はさびしき頭蓋を持てり

結氷の湖《うみ》ぬるみゆき鮎の銀の鱗にきざしくる春

冷え著きさらぎの夜の静けさに億光年の微光を仰ぐ

白魚に菜の花を添へ春の皿生活《たつき》もあはくなりにゆきつつ

さみどりの春蘭咲けり浮かびては消えゆく語彙を零し来につつ

雪解の水

茹で上げし蕗あざやかな嫩葉《わかば》色心の翳りも一瞬に霽る

生れ出づる命もあらむ草木も大地も雪解《ゆきげ》の水に潤ふ

櫂《かい》を持て漕ぎ出でむかな仰ぎみる宙《そら》の果たてにまたたく銀河

化粧濃きピエロを刺繍《さ》しぬ遂げざりし思ひの幾つを裡に鎮めて

精霊の棲むとふ森は深からむ白神山地の山毛欅は恋ふのみ

冬の旅

ザルツブルク、ウィーン六首

ザルツァッハ川の流れの穏やかにカラヤンの生家鎮まりてあり

旧市街の軒を飾れる看板に中世ギルドの面影残る

クラビコードいにしへのままに置かれゐて「魔笛」のアリア不意に顕ちくる

「冬の旅」を書きしは死の前年とふシューベルト記念館に総譜《スコア》残れり

クリムトの気魄に圧されしばらくを作品の前に佇みてをり

はにかめる少女より受けし鈴蘭《ミユゲ》一輪旅の終りの修道院に

孵るなき卵

孵《かへ》るなき卵《らん》と思へり森行きて朽ち葉の中にまろぶ一つは

此岸より彼岸に至る薄明に蓮《はちす》の花の純白ひらく

一寸先の闇に始まる後《のち》の世の予感霊感あらぬさきはひ

憂き心を癒やしゐるらむ止り木の男のグラスに満つるは何ぞ

薬草を天秤皿に量りをりはかり得ぬもののめぐりに多し

騒立てる心満たすは何ならむコスモスはひそと蕊零しつつ

弦の韻き

秋天に弦の韻《ひび》きの透りくる　コスモスの花のかそかなる揺れ

いづかたへ去りゆく鷺か己が影引きつつ未生の道を行くらむ

いま在るはいづべの辺り　句読点を打ちそこね来し歳月あはし

草原に入る秋の陽の浄くして散華のごとき光をこぼす

透く空ををりをりよぎる影のあり父の笑まひの甦る秋

秋の陽の及ぶ部屋内地球儀のアドリア海はことに明るし

飴色の風が運びてくる季節シャトーワインはほのかに香り

散る葉よりかそけき音か臥す母の肺葉に水のたまりゆけるは

ひと粒が命の水となりゆくや雪降る街に苺を買ひぬ

風聞

風説は寂しかりけり両の耳あらぬ方へとさ迷ひはじむ

酒粕に漬けし紅鮭返しゐて生き急ぐほどの技量もあらず

メトロノームに急かさるるごと一生過ぎのち幾許の華やぎあらむ

憂ふ日はブルカ纏ひて歩みたし支へ一つを失ひてより

そば立つる耳もさびしゐ風聞は膨らみやがて消ゆるが常ぞ

天に辛夷

言の葉が言の刃に変はる暫くの時あり心いかに保たむ

てのひらに載すれば危ふさ限りなし立春の卵の浄きしづもり

散りてなほいづくに流るる花びらか母なきあとの春はさびしゑ

母逝きてわれに残されしもの何あらむ　臘梅は浄く寡黙に咲けり

一体のマヌカン抱へ人の行く春宵おぼろの月出づるころ

けがれなき領域として仰ぎみる天に辛夷の白光ゆらぐ

聖書の一節

見失ひ来しものばかり晩春の水辺濁して鳥飛び立ちぬ

身めぐりのややに明るむ時のあり幼子の声電話に聞きて

紫の葡萄をつつむ朝の霧　聖書の一節思ひ出しをり

現し身を離れゐし記憶冴えざえと晩夏の風に運ばれ来たり

舞ふことは永久《とは》になからむ蔵ひおく能の面《おもて》のかすかな翳り

繊き月地平に出づる頃ならむ尾長も鵯も姿を消しぬ

隕石と思ふひとつを掌《て》にのせて秋の河原の薄明に立つ

古文書

花も葉も地に還りゆく季《とき》ならむ松虫草はくづほれゆきて

稚子車《ちんぐるま》の穂は波立ちて光りをり思惟のひとつも成らず秋逝く

読み解くは至難の業ぞ古文書の文字《もんじ》ひらひら脳《なづき》抜けゆく

古文書の記す重さの伝はりていにしへ人の気概尊《たっと》ぶ

失ふも得るも流れに逆へず死語となりたる語彙のたちくる

紅梅の帯にはるけき母の影追ひて二月の陽に当てやらむ

たましひかわが脱け殻か春の野を流されゆける白き風船

一刷けの雲

光へと傾きてゆく如月の雪を分けつつ蕗の薹出づ

白魚の透く身ほのかに紅《べに》を帯ぶ河口は春の光あふれて

サーディンにレモンを振りし一品も添へて夕餉の仕度整ふ

一刷けの雲かかり来て水無月の月は鬱金の絹をまとへり

花季を終へ穂絮となりて飛ぶ種子の必然にして夏至も過ぎたり

創造の魂により近づきたりしかパウル・クレーは天使を描きて

珊瑚礁の海は恋ふのみ　舟型のメロンをのせぬガラスの皿に

葡萄の木

立ち止まる人さへあらず雑沓は悲しみさへも隠してしまふ

芯までも紫ならむあかときの葡萄の大木に精気みなぎる

シューマンを弾き終へし後に握手せし仲道郁代の掌《て》のしなやかさ

どれ一つ取りても完きものあらず土に柘榴のくれなゐ深し

クールベの描きし鹿がうちに棲みをりをりわれの記憶を戻す

「ラ・カンパネラ」聞きつつリストに心寄す過去と未来のあはひの中で

箴言

海風は心弱りの身に沁みて半島のあかり揺らぎやまずも

ひと時の過去をも戻せぬ現実に落としては反す砂の時計を

冬の木木極まりて立つ凜凜しさに箴言の重さ身に伝ひくる

飛行機雲は光を曳きて伸びゆけり入り日に向ふ一矢《し》となりて

銀杏《いちやう》黄葉は行方定めず散りゆきぬ又三郎の風に吹かれて

一葉のみづから絶ちたる恋あはれ　おほつごもりに雪は降りしく

無尽のひかり

祝膳に擂りたる木の芽のかをり立ちささやかな夕べの円居《まどゐ》はなやぐ

香りなき花を摘みゐる夢の中たれとも知れぬ人と摘みゐき

温めしミルクに溶かす花の蜜あふれむばかりに光を含む

春の風流るる方《かた》に球形の海ひろがりて陽炎の立つ

ひとひらの貝を沈めし椀にたつ香りは春の潮騒を呼ぶ

天を仰ぐ花のしづけさ白木蓮《はくれん》は神の手のごとかがよひゐたり

月輪の無尽のひかりを受けにつつ白木蓮一樹の闇に鎮もる

天界にふぶく花びらまたとなき春の夕べは花明りして

いつの世もまた後の世も変りなく日月ありて花は吹雪かむ

儚き言葉

かげろふの揺らぐ草原《くさはら》風凪ぎてクレーの天使降りくるやうな

蒲公英の穂絮飛ばして遊べるは「妖精エルフ」か絵より抜け出で

拾ひ来しまだらの卵の孵化なさばいかなる雛鳥《ひな》の手に乗りくるや

白き雲夕映えの雲を織りまぜてみづうみの面《も》はさざ波の立つ

都忘れといふ花名《な》何ゆゑ付けられし遁《のが》れ来し野は春まだ浅く

川土手の静けき真昼菜の花に集まる小蜂のほそきその声

春月は真綿色なし渉りゆく影絵となりたる過去は謐けし

未完とは儚き言葉「ラクリモーサ」聴きつつモーツァルトの最期を思ふ

ブーケガルニの香りたちきて晩餐は逝きたる人の訪ふごとし

どの道を行きても水のにほひして水無月は水のほとばしる季《とき》

翳す手

誕生石に守られてゐむサファイアは神の眼の深さを持つとふ

旅立ちも間近か頻りに羽づくろふ幾羽のありて沼辺明るし

海彼よりはがき一葉届きたりヴァチカン市国の切手貼られて

遮断機にさへぎられたる一瞬を無人電車は風のごと過ぐ

一吹きの風に誘はれ飛び立ちし鷺は流離のすがしさ保つ

武器となす時のあらずて翳《かざ》す手の十爪《さう》ほのかに桜色帯ぶ

夕影に花とも思へぬ鷺草は飛び立つさまに風に揺れをり

メキシコの大地に育まれ来しカボチャ小豆と炊きて仏壇に供ふ

累累と

『マルテの手記』読み返しをり若き日は茜色なすひとときありて

薄紙を剝がせばかすかに香りたちラ・フランスの歪むも魅力

真つ直ぐに落ちゆく先はと思ふ間に椋鳥《むく》の大群欅を領す

てのひらの朱欒に冬の陽やはらかし期日間近の刺繍を仕上ぐ

ザルツブルクに求め来し岩塩使ひ終へはろけき旅のはつか明るむ

歳月に遅速なけれど累累と移ろふ日日のいかにか速し

エスプレッソ

目立たぬがよき事もあり籠る日のエスプレッソは身の内に沁む

蟹の身のほの甘ささへ哀しけれ能登はくらぐら雪の中とぞ

くれなゐの蟹の背に立つほそき湯気あはれたましひの揺らぎと思ふ

白葱の切り口ひそかに伸びてをり生くる力はここにも在りて

冷水に沈めし蜆の声を聞く冷えまさりくる寒の厨に

春の知らせは何処より来むきさらぎは精神《こころ》浄めの令月にして

風花

プリムラの花の落とせる影深し玻璃戸隔てて春の雪降る

陰影の深き午後なり雪の上の枯葉いちまい瑕瑾のごとし

一葉の心に触れむ　訪ひし菊坂あたり風花の舞ふ

いつになく心の弾む夫ならむ「夜明け前」とふ銘酒届きて

鎧ふものあらざれば身の清清し風に靡ける荒草のごと

色彩のなき夢に似てすぎゆきは記憶の中より遠のきてゆく

麦の穂

あくの強さは人にも通ず採れたての独活を酢水に晒しつつゐて

つんつんと伸びし麦の穂戦がせて風は皐月の光を運ぶ

雨降ればなほ生き生きと立ちあがる十薬の苞のたぐひなき白

手を伸ばせば届きさうにも届かざる歯がゆきことの多しめぐりは

パルティータを聴きて一日が保たれる平穏のあり　バッハを愛す

祈りとは心鎮めの像《かたち》ならむモンテヴェルディの聖楽流る

天蚕

梔子は香り沈めて闇の中　渇仰の思ひ不意に湧きくる

カシス酒に氷片泛べ飲みし日のフォンテーヌブローの森ははるけく

天蚕の繭なす頃かあかときの樹樹のするどき香の中に立つ

ヤママユの繭のさみどりかつて掌《て》に載せしもはるかな感触なりき

かすかなる気配のありて見返れば羚羊一頭影のごと消ゆ

スプーンにて量る幸などあり得ぬにはつかの砂糖は心を満たす

吊革を所在なさげに揺らしつつ昼の電車は光も運ぶ

率ゐるはいづれの鳥か夕空に椋鳥《むく》の一群曲線描く

ガレの花器

ひつそりと移りゆく星座　山巓に眺めし銀河の底なき深さ

いづれわが身にも訪《おとな》ふさびしさか白鳥立ちたる沼の静けし

海にあらば銀色に染めて群れをらむ買ひし秋刀魚のあはれ眼《まなこ》よ

ガレの花器は古きよき世の名残りならむ旅の終りの画廊に憩ふ

首都高速道路の渋滞代官町とあり古りし絵地図をまなうらに描く

散り敷ける桜紅葉を踏みゆけば花より著《しる》き香りたちくる

飛行機の描きゆきたる雲の道はるか吐魯番《トルファン》の地まで及ばむ

水陽炎

幾日を臥して思へり歳月は細くきらめくひとすぢの川

至上の幸せとは何　サイフォンより落つる珈琲を待つ間《ま》のありて

ランドサットの撮りし地球に日本の夜はひときは光を放つ

雪雲の消えて川面に陽の射せば水陽炎のかすかにのぼる

零れたる花びら川面を流れゆき新たなる旅の始まるごとし

白木蓮はひそかに蕾をほどきゆく春の銀河を仰ぐかたちに

草引けば草の絮飛ぶ野の広ら越えねばならぬ道とも思ふ

火水《かみ》は神に通ずるものと古人の教へのありて今に諾《うべな》ふ

背教者

人を送り人を悲しむ岨道に背教者のごときひとつわが影

今在らばいかなる道を歩みしか小さきケルンに思ひを重ぬ

クレソンの繁みに遊ぶ蜉蝣の翅あはあはと光を反す

心細りの夜夜に思へば樹を渡る木霊も風も祈りのごとし

目分量、微量といふは如何ほどか人の受容のそれぞれにして

曖昧に片づけらるる事多し確たる答へ欲する時も

生業の景気づけにと唄はれし炭坑節にて盆踊り果つ

やうやうに明けゆく空に飛び立つか椋鳥《むく》の群声《むらごゑ》高くなりゆく

パレット

絵筆絶ち幾何《いくばく》の年過ぎにしか納戸の奥より画材出で来ぬ

パレットに残りし絵具の色褪せて晩秋のやうな謐かさ保つ

荷を解けば榠樝ほのかに香りたちたわわに実りし一樹思はる

鮮やかなレモンイエローに描きゆく榠樝に林檎のくれなゐ添へて

風説は予期せぬ言葉を伴ひてときをり人の心を乱す

何時《いつ》の日か在りたき場所と訪へば唐檜《たうひ》の森の深き静けさ

原生林に入るを阻《はば》むか倒木にけものの爪あと鋭く残る

民子先生

ざら紙のノートに写ししリルケの詩危ふき日日の青春ありき

『山のパンセ』座右に置き来し半世紀　串田孫一逝きてしまへり

孫一に傾倒せし日日よみがへる読書三昧の日日もはるけし

『光たばねて』の組曲聴けば還りくる面輪その声　民子先生

手放せぬ本数多ありことさらに民子・孫一に支へられ来つ

師の齢《よはひ》越えていくとせ手放せぬわれの聖書《バイブル》『風の曼陀羅』

箴言の教へをりをり甦り師の御言葉の鮮明なりき

ヨハネ受難曲

吐魯番も春の気配か海峡を越え来し黄砂の列島覆ふ

トスカーナの野を描きつつ刺繍せし玄関マットの緑萌え立つ

溶暗に暮れゆく空に上りくる月はゆつたり繭の色なる

体内に浮力持つごと眺めをり飛行船行くは銀河の果てか

モノレールは頭上静かに通り過ぐ行きて戻れぬ街衢《がいく》あるがに

迷ひ多く何に縋らむ夕べ聴く「ヨハネ受難曲」に心預けむ

音なき雨

今もなほ救ひ求むる人あらむ東慶寺に降る雨のひそけし

手向けたる真白き百合は香り立ち高見順氏を偲び参りぬ

岩肌に可憐に咲ける岩たばこの花腐《くた》しゆく音なき雨は

咲きのぼり花極まれるヤナギラン白雨ののちのくれなゐ深し

『三太郎の日記』読みしもはるけくて記憶の底をはつかに灯す

呼びて返らぬ木霊のありて山深し栂《つが》の樹林を霧は閉ざしぬ

秋のかたみ

逢はざればいかにと人は訊ぬるや短き生の迫間《はざま》にありて

生死のいくつに拘はりて来て今在るは過不足のなきよすがと思ふ

年輪の力いただきたくて坐す切り株は秋の日中にぬくし

時雨過ぎてにはかに明るむ森のなか山葡萄は秋のかたみのやうな

朝露を抱きて光る蜘蛛の網世に美しきもの限りもあらず

良薬は口に苦しといふ諝れ　忠告の言葉身にしみて聞く

夜の降《くだ》ち

限りある命思へば念念の祈りは深し　生くるといふ事

新月は刃金の光出ではや隠れゆきたり逢魔が時を

白木蓮の蕾ふふめる日日に光延び来てきざす平穏

赤き実を啄みゐたる尉鶲《じょうびたき》さへづり曳きつつ束の間に消ゆ

薄明に吐く息白し白鳥のながき喉《のみど》に光射しくる

群れなせる白鳥いづれが子か親か飛翔間近の湖《うみ》辺明るし

蒼天に紛れず翔《かけ》ゆく白鳥の平衡感覚羨しと見上ぐ

空と陸《くが》見極め難き夜の降《くだ》ち白鳥の群れひたに飛ぶらむ

ユトリロの街

「月の光を踏みて帰らむ」とふ台詞美しき会話に心透きゆく

旅立ちは疾うに過ぎたり水の上《へ》の白鳥一羽虚空を仰ぐ

湯気のたつ豆腐に柚子の香りたち立春の夕餉は静かに過ぎぬ

頻り降る雪を水面に溶かしつつひとすぢの川は大河に注ぐ

桐の花ひそかに咲きぬ愛少女《えをとめ》に桐を植ゑたる習ひはろけし

ユトリロの街を刺繍《さ》しゆきマロニエのひともと加へわれは旅人

森の歳月

池の面の揺るる光に誘はれ売子木《えご》の落花のとめどもあらず

足るを知るとふ懐かしき言葉の甦る約《つま》しかりにし時代のありて

啼かぬ鳥飛べざる鳥も潜みをらむ山蒼蒼と夏の只中

絶え間なく降る針葉を踏みゆけば森の歳月おどろに深し

入りつ日を背《せな》に受けつつ帰り来る鴉の冷たきのみどを思ふ

灯りのみ乗せて上りゆくエレベーター透明にして無機の静けさ

野分の後

天の原を越えて来にしか鰯雲は大漁のごと銀にかがやく

白湯《さゆ》そそげば桜の花のひらきたり嫁がぬひとりをりてさびしも

地に落ちてあはれ柘榴の終《つひ》を見つ実のうちはつかに紅《べに》滲ませて

行きなづむ道はけもの道樹の海の深きに入りて人は帰らず

ゑのころ草の枯れゆく見れば天地《あめつち》は冬に至らむ野分の後に

風の声聴かむとするも草原《くさはら》を人語虚しく通り過ぎたり

昼の月をよぎり飛行機雲の伸ぶローマへ続く空の道なり

夕闇に沈みゆく木木ひとむらの八手の花はあはく浮き立つ

見えぬもの

見えぬもの見抜く眼力希ひつつ穢れなき朝の冷気をまとふ

人の心に縋りたき日なり朝より平衡感覚に危ふさありて

透明な季節過ぎゆく狭間にて火群《ほむら》立ち咲く白き椿は

純白の椿いとほし地に落ちて終《つひ》の白玉翳深みゆく

古地図

大空に弧を描く鳶《とんび》　地にありてわれは飛べざる腕《かひな》を持てり

幾人《いくたり》を渡りて来しや古書あまた鎮もる中に古地図を探す

幾許の時刻《とき》過ぎたるか古書街をつつむごとくに霧の雨降る

火星にも水のある事知りし夜の宙の極みに大き月出づ

砂丘に列なす駱駝の影長し映像はしばし未知へいざなふ

クレソンの白き小花の揺れ合へりものの翳りの深みゆく夕

身みづから剪定なせる梅の実の地に落つる音のかそけき夕べ

いくばくの刻流《とき》れしやひつじの群れ眠れぬ夜の脳《なづき》をめぐる

草の絮

風死すと言ひて人は帰りたり蟬しぐれする午後は弛けし

伝承はつばらかにして今に継ぐ　氷川神社の大祭終へぬ

躾糸のかかりし母の衣《きぬ》を干す逝きて八年《やとせ》の春の陽射しに

地の中へ続く道あり列なしてひたすら蟻は餌を運びをり

窮極の寂しさといふを知らず来て夕べとほくに茅蜩《ひぐらし》のこゑ

芽吹きたつ木木の命の清しさに人間《ひと》としありてこころ霑《うるほ》ふ

百合の蕊抓《つ》むこと咎とも思はざる無愧《むぎ》の行為は哀しきものぞ

草むらに紛れて咲ける蛍草　離れて暮らすいちにんのあり

草の絮たゆたひ流るる空無尽　真実は深くわが裡にあり

『珊瑚の卵』に寄せて

塩原早智

『珊瑚の卵』は新藤美千代さんの魂の籠った最初の歌集である。読み終わるとさわやかな風に吹かれたような思いになる。

新藤さんと私は歌の友。大西先生を慕い合い乍ら短歌を学び合う友である。だが、歌評会や私信などで、彼女との付き合いはもう二十年余にもなると思うが、未だに彼女の短歌に関わること以外は見えてこない。

遡って平成六年一月五日、大西先生は波濤短歌会を独立させたまま、突然お亡くなりになってしまった。一時は悲しみと戸惑いに暮れたが中島やよひさんの熱意もあって波濤はまわり続け軌道に乗る。地方でも支部が誕生し、この埼玉でも大宮のソニックシティの一室で月に一度の「波濤さきたま歌評会」が開かれることになったのである。そこで新藤さんの歌に注目するようになった。

彼女の歌は自然をモチーフにしたものも割合多く、自然の情景を彼女なりの目で視て詠みこなす。

歌は「心を美しく言葉を美しく」と先生は言われたが、彼女の歌は静かで抒情豊かである。語彙が豊富でマイナスのイメージを持つ言葉は避ける。リアルな生活の一片を詠っても具体表現そのままにならずに創造を巧みにこなして歌の世界へと誘い込む。

かつて彼女は絵に夢中になった時期もあったようだ。

画室《アトリエ》を建ててやらむと夫の言ひきをりふしに恋ふ古りし会話を

絵筆絶ち幾何《いくばく》の年過ぎにしか納戸の奥より画材出で来ぬ

彼女の熱意もさることながらご夫君の理解に驚く。アトリエで描くことは絵筆を持つ人として夢。美しいものを創り出したいとの欲求は他にもあり刺繡にも堪能である。

てのひらの朱欒に冬の陽やはらかし期日間近の刺繡を仕上ぐ

ユトリロの街を刺繍《さ》しゆきマロニエのひともと加へわれは旅人

幸せは仄かにありて幼子の睡るかたはらに花を刺繍《さ》しゐる

はじめの歌は上の句で一点の絵、下の句で作者の意図を伝えて鮮やかな一首。

二首目は旅人を配し哀愁を漂わせる。

彼女の作品は単なる作業でなく創作、心の表現であり、三首目は幼児より受ける幸せを花に置き換えている。

徐々に見えてくる彼女の環境、家庭は平和そのものである。

大切な娘が身籠れば

身籠りて心豊かになりし娘の抱く復活祭《イースター》の卵　虹色

月満ちて命この世に出づる時炎暑一期の夏草ひかる

と詠い、いよいよ愛しいみどり児がこの世に生まれ出ると、

水の器《うつは》より出でしみどり児耀けりさくら貝の爪マシュマロの肌

歌は蹠を少しばかり地上より浮かす思いで「夢とうつつの間《はざま》で歌う」彼女の歌には大西先生のお言葉が生きている。

この世に生を受けた嬰児は休むことなく成長し、彼女は祖母としてあまねく愛を注ぎ見守る。そして彼女も新しい経験を得て更に心ゆたかとなるのである。

みどり子の眸に藤の花揺れてフルートの音の宙をつらぬく

ままこままこ　玉子をままこと言ふ幼な光の中に玉子を抱く

応へくるるものの愛しさ片言に話しかけくる幼子のゐて

群青の夜空を描きし幼なの絵に光る尾を引く蛍が遊ぶ

祖母とは、母となった時以上になぜか愛は深く溢れるもの、だが彼女はその思いがあっても単に情に溺れるということはなく、幼な児を充分に客体と見てしかもあるべき姿として捉えている。

動かざる蝸牛炎暑の幹にゐて驟雨ののちに身を軽うせり
吐く糸も織る羽根もなきいちにんのまたあらむ日も人でありたし
相寄りてもさびしき日日ぞ秋天にかがやきてあり雲の風紋
いま在るはいづべの辺り　句読点を打ちそこね来し歳月あはし
くれなゐの蟹の背に立つほそき湯気あはれたましひの揺らぎと思ふ

いつの間にか自己の轍をきわやかに引いている。自らの短歌観にも目覚め、彼女ならではのカラーで花開いた短歌は美しく控え目に煌めく。

サーディンにレモンを振りし一品も添へて夕餉の仕度整ふ

振り返れば主婦、歌にかけた思いはそのまま食卓にものぼり一食にも気を配る。

真剣に人生を歩んでいる新藤さん。歌は人なり。大西先生の折々のお教えを指針としてロマンを追求しながら、歌作りに専念している新藤さんのますますの成長を温かく見守って下さいますよう祈って、拙い一文を閉じさせていただきます。

平成二十八年七月九日

あとがき

三十一文字に自分の心を託して三十余年の歳月が流れ、その間に幾つもの邂逅、別離がありました。中でも歌友との繋がりは私の人生の大半を占めているように思います。

波濤の選者で現在もご活躍の塩原早智様より一つの区切りとして歌集を編む事を進められ数年が過ぎ、迷いに迷っての決断でこの度形ばかりの第一歌集を上梓する事といたしました。

作品は昭和五十七年から平成二十二年までの二十八年間に書き溜めた中から四九五首を選び制作順にまとめました。書名は、

巻貝に遠き海鳴り聴きをれば珊瑚の卵《らん》の孵る夜あらむ

から中島やよひ様につけていただきました。一年に一度大潮の満月の夜、珊瑚が一斉に産卵する深い海底の想像も出来ない神秘の世界に引き込まれ未だにその感動を持ち続け、折にふれては思いを新たに致します。

思い返せば昭和五十七年、大宮高島屋にカルチャーセンターが出来、その短歌講座で大西民子先生の御指導を受けましたのが、短歌への道の第一歩でありましたが、当時同居しておりました義母の体調不良のため一年半で受講を断念せざるを得ませんでした。

悶悶とした日日の中で目にした短歌誌の中に牧羊社の添削記事が載っており指導が大西民子先生である事を知り、迷わず御指導を仰ぎました。

赤く添削された歌稿が戻ってきて先生のお言葉、注意等を噛み締め、又歌を作っては送る。そのような繰り返しが二年続いたでしょうか。

ある日、先生から突然お電話を頂きました。

「今あなたは、人間として尊い行いをしているのです。人として一番大切な命を預かっているのですからお義母様の看病に専念しなさい。」と言う内容の電話でした。只、頷きながら緊張して平伏すような夢中の一時でした。

毎日が虚しく何かに縛られているような息苦しさの暗中模索の中にいた私を、先生は添削しながら感じ取って下さっていたのです。

一首毎に添削され先生のお言葉の詰まった歌稿は、おこがましくも先生との魂の交換でもあったように思えます。一言一句が「箴言」となって今の私を支えております。

夢中で作歌した時期、壁にぶつかり踠き苦しんだ時期といろいろございましたが心の内を歌で吐露する事で精神が浄化され、また新たな自分が存在する。短歌は私には祈りでもありました。

紆余曲折を経て今の私がありますが、大西民子先生より受け継がれた「短歌の精神」を継承する塩原様の心温かな御指導には何よりも勇気づけられ今に至っております。

また、波濤さきたま歌評会の皆様の温かく時に厳しい歌会に育てられたからこそと、感謝いたしております。

塩原様には歌集を編むにあたりまして多大のご助言をいただき、その上体調も考えずに跋文をお願い申し上げましたところ心よくお引き受け下さり身に余るお言葉をいただきました。

「波濤」発行責任者の中島やよひ様にはご多忙にも関らずご教示を賜りましたこと深く感謝申し上げます。

出版に当たりましては現代短歌社の社長道具武志様、担当の今泉洋子様にはご尽力ご配慮いただきましたこと厚く御礼申し上げます。

平成二十八年九月二十七日

新藤美千代

著者略歴

新藤美千代

昭和12年９月　埼玉県浦和市（現さいたま市浦和区）に生まれる

昭和57年　大宮高島屋カルチャー短歌講座に於て大西民子先生の指導を受ける

昭和59年　牧羊社の添削教室で大西民子先生の指導を受ける

平成元年　「形成」に入会

平成５年　「形成」の解散後「波濤」創刊に参画
現在に至る

歌集 珊瑚の卵　波濤双書

平成28年11月１日　発行

著　者　新藤美千代
〒330-0854 さいたま市大宮区桜木町2-202

発行人　道具武志

印　刷　㈱キャップス

発行所　**現代短歌社**

〒113-0033 東京都文京区本郷1-35-26
振替口座　00160-5-290969
電　話　03（5804）7100

定価2700円（本体2500円＋税）
ISBN978-4-86534-185-0 C0092 ¥2500E